곰돌이 푸,
작은 행복을
써봐요

마음을
돌보는
100일
필사책

곰돌이 푸,
작은 행복을
써봐요

곰돌이 푸 원작

RHK
알에이치코리아

작은 행복을 기록하는 것의 힘,
최고의 지혜가 됩니다

100세가 보편적인 수명이라는 말이 흔하게 들리는 지금입니다. 게다가 인구도 감소하면서 정말이지 긴 시간 동안 일해야 하는 현실을 피할 수 없다고 전문가들은 말합니다. 그래서 심리학자로서 늘 말씀드리는 것이 있습니다.

우리 앞에 놓인 질문은 누가 고통스럽게 오래 살고 오래 일할 것인가, 아니면 누가 건강하고 활기차게 오래 살고 오래 일할 것인가. 이 두 갈림길에 우리 모두가 놓여 있다고 말입니다.

그런데 이 머나먼 삶과 일의 길을 걸어가게 만드는 힘은 어디에서 올까요? 당연히 행복입니다. 어떤 심리학자도 이를 부정하지 않습니다. 그래서 우리는 행복하기 위해 사는 것이 아니라 살기 위해 행복해야 합니다. 그래서 우리는 행복할 줄 알아야 합니다. 이를 모르면 우리는 과거와 달리 힘들게 그 먼 길을 걸어가야 합니다. 아니 뛰어가야 할지도 모르지요. 그래서 우리는 행복해지는 법에 대해 공부해야 합니다. 그런데 여전히 그 방법이 막막합니다. '행복'이라는 명제를 너무 어렵게만 대하기 때문입니다. 행복하기 위해선 뭔가 거창한 것을 해야 할 것 같은 강박이 생기기도 하지요. 그래서 자주 미래의 행복을 위해 오늘의 소중한 일상을 포기하기도 합니다.

하지만 행복은 강도가 아니라 빈도라는 말만 곰곰이 생각해보면 그답은 의외로 분명하게 보입니다. 작은 행복을 열 번 누리는 것이 큰 행복을 한 번 누리는 것보다 일상을 더 풍요롭게 만들어줍니다. 그래서 저는 많은 분들께 행복한 일이 있었다면, 작고 보잘것없어 보이더라도 그것을 꼭 기록으로 남기라고 말씀드렸어요. 그런데 행복을 기록으로 남기는 이들은 매우 적습니다. 일상에서 작은 행복을 찾고, 그걸 기록하는 습관을 갖는다면 그날 느낀 귀중한 행복의 감정을 내 것으로 만들기 더 쉽습니다. 그만큼 무언가를 쓴다는 건 중요한 행위예요. 마지막으로 행복해지려면 관계에 매이지 않는 나만의 시간이 필요합니다. 일, 가족, 인간관계가 없는 나만의 활동을 하는 시간이죠.

이런 면에서 필사는 스스로 마음을 돌보고, 일상의 작은 행복을 채우는 데 도움이 되는 활동입니다. 《곰돌이 푸, 작은 행복을 써봐요》는 행복을 누리기 위해 필요하다 말씀드렸던 모든 것들이 담겨 있습니다. 작은 행복에 집중해보기, 행복을 기록해보기, 나만의 시간을 갖고 나만의 활동을 해보는 것 등이죠. 필사를 통해 이 모두가 가능해집니다.

이 책의 문장들은 때론 다정하고, 때론 통찰력이 깊습니다. 철학자 니체와 동양의 고전인 〈논어〉의 가르침을 총망라했기 때문입니다. 이 문장들을 옮겨 적는 것만으로도 분명 마음을 단련하는 데 효과가 있을 겁니다. 필요하다면 필사를 하고, 내 감정을 함께 적어보는 것도 좋을 겁니다.

일상에서 행복의 빈도를 높여가시길 기원합니다.

인지심리학자 김경일

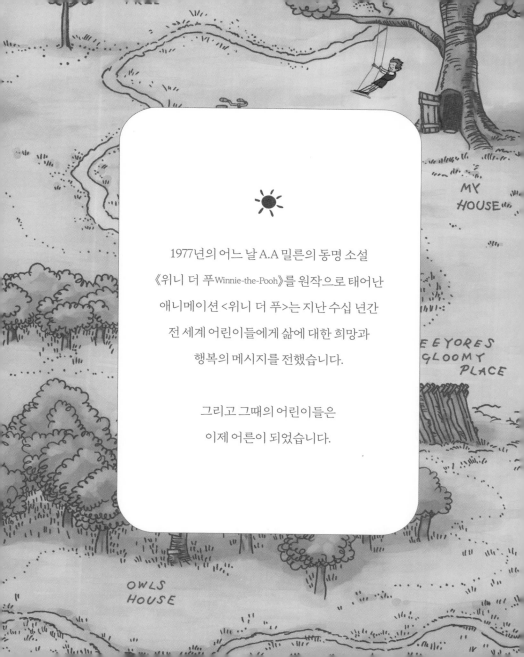

1977년의 어느 날 A.A 밀른의 동명 소설
《위니 더 푸Winnie-the-Pooh》를 원작으로 태어난
애니메이션 <위니 더 푸>는 지난 수십 년간
전 세계 어린이들에게 삶에 대한 희망과
행복의 메시지를 전했습니다.

그리고 그때의 어린이들은
이제 어른이 되었습니다.

때론 무척 사소한 것들이

Sometimes the smallest things

마음을 꽉 채우기도 해.

take up the most room in your heart.

Just for my self

온전히 나를 만나는 시간을 만들어요

다른 사람을 배려하고 누군가에게 힘을 보태는 것도 중요합니다.

그러나 그보다 먼저 나를 위해 살아가는 것이 더 중요해요.

남을 위하기 전에 나를 가장 먼저 돌보세요.

스스로를 안아주는 게 먼저예요.

인생이란 이미 짜인 틀에 맞춰 사는 것이 아니라 자기 손으로

만들어가는 것입니다. 자신감을 가지세요. 사람들이 원하는 것 말고,

내가 원하는 것이 무엇인지 적어도 스스로에게는 정직해지세요.

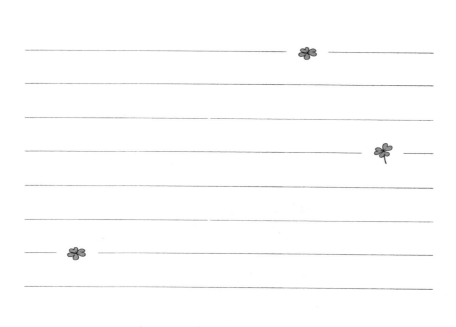

많은 사람과 어울려 살아가기 위해서는

어떤 마음가짐이 필요할까요? 내 마음이 혼란스러운 상태에서는

아무리 노력하고 고민해도 정말 중요한 걸 놓치기 쉽답니다.

그러니 내 마음을 먼저 돌보세요.

현명한 사람은 결과가 좋든 나쁘든 항상 자신을 되돌아봅니다.
어리석은 사람은 어떤 결과에도 돌아보지 않고 그저 편하게만 살고
싶어 하죠. 그런 사람은 앞으로 더 나아가기 어려워요.어떤 상황에서든
되돌아볼 줄 안다면 앞으로 나아갈 수 있답니다.

매일 즐거운 일이 생기지 않는 인생은 재미없다고 생각하고 있지
않나요? 진정한 행복을 느끼는 일이 한 번만 있어도 충분히 의미 있고
재미있는 인생입니다. 행복을 찾는 방법은 자신에게 그 행복한 한 번이
무엇인지를 찾아가는 과정이에요. 행복을 매일 느낄 수는 없지만,
작은 행복이 내 삶을 의미 있게 해줄 거예요.

Day 6

살다 보면 가끔 인생의 무게가 어깨를 짓누를 때가 있겠지만,
그래도 '나'를 소중히 여기는 사람이라면 어떻게든 즐겁게 살아갈 수
있을 거예요. 나 자신을 있는 그대로 사랑하는 것이 삶을 버티는 힘이
되어줄 거예요.

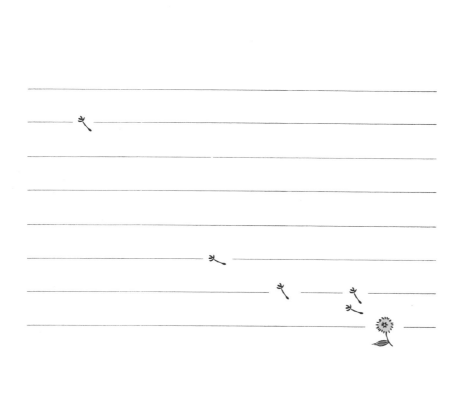

Day 7

다른 사람의 조언을 참고할 수는 있지만 지나치게 기대지 마세요.

스스로 시행착오를 거듭하면서 나의 인생이 나아갈 길을 찾아야 해요.

결국 나의 선택은 나의 책임이니까요. 나의 길은 오직 나만이

정할 수 있어요.

아무리 가까운 사이라도 서로를 다 안다는 생각은 착각입니다.
사람의 시선은 언제나 나의 기준에 맞춰져 있고, 상대에게 이상적인
모습을 바라기 때문에 남을 완전히 이해한다는 것은 힘든 것이
당연합니다. 상대의 기분을 적당히 살피고 배려하는 것도 필요하지만
지나치게 신경 쓰다 보면 오히려 내가 상처 입을 수도 있답니다.
그러니 다른 사람의 기분에 너무 민감하게 반응하지 마세요.

꾸준히 노력하는 것은 허허벌판에 조금씩 흙을 쌓아 올려 큰 산을
만드는 것과 같습니다. 딱 한 바구니의 흙만 더 올리면 되는데,
그만 지쳐 포기해버린 것은 아닌가요. 타의가 아니라 자의로 말이에요.
산이 높아질수록 점점 더 힘들어지고 지쳐서, 조금만 더 하면
완성된다는 사실을 미처 깨닫지 못한 걸 수도 있어요. 작더라도 조금씩
내딛는 한 걸음이 꾸준히 행복으로 가는 길을 내고 있다는 걸
기억하세요.

Day 10

행복은 우리 눈앞에 있지만 그것을 알아차리는 사람은 그리 많지
않아요. 행복은 사람들이 자신을 발견해주기를 기다리고 있어요.
우리를 바라보고 지켜보고 있죠.
그 행복은 자기 자신만이 찾아낼 수 있죠.

가족과 친구를 사랑하듯이 자기 자신을 사랑하는 것.

어떤 선택을 하든 그것을 기억하세요.

인생에서 사랑해야 할 첫 번째는 바로 나 자신이에요.

내가 어디로 나아가야 할지 진짜 나의 길을 찾고 싶다면 주변의 잡다한
일이나 사람들의 시선을 지나치게 의식하지 마세요. 중요한 것은
내 삶의 목적이 어디인가입니다. 너무 많은 것들을 신경 쓰다 보면,
목표를 향해 나아가려는 의지가 약해지기 쉬워요. 사소한 일에 너무
신경 쓰지 않아도 괜찮아요.

사랑에 대한 권리는 내가 아닌 다른 사람에게 줄 수 없는 거예요.

누구를 사랑하든, 사랑을 시작하는 사람도 끝내는 사람도 자기 자신이

되어야 해요. 기억하세요. 사랑은 받는 것이 아닌 하는 거예요.

Day 14

내 욕심을 조절하는 일, 배운 바를 이해하여 익히는 일,

선행을 실천하기. 이 모두를 하기는 어렵지만 이를 목표로 삼고

노력하는 것만으로도 많은 깨달음을 얻을 수 있어요. 한층 더 성숙한

사람이 될 수 있고요. 목표를 이뤘을 때 느끼는 기쁨은 물론 아주

클 겁니다. 어려운 일에 도전하는 건 그만큼 가치가 있답니다.

지나간 시간은 되돌아오지 않아요. 아직 찾아오지 않은 행복을 마냥
기다리는 것보다는 지금의 행복을 충분히 느끼는 것이 중요하지
않을까요. 일상의 작은 행복이 쌓이고 쌓여 큰 행복이 돼요.

일할 때나 인간관계에서 작은 실수를 했더라도 '나 자신'을 지나치게
탓하거나 '내 성격' 자체를 부정할 필요는 없습니다. 이미 벌어진 일,
너무 주눅 들지 말고 자책하던 마음을 내려놓아 보세요. 생각보다
큰 문제가 아닐 수도 있어요.

Day 17

지금보다 더 좋은 사람이 되고 싶나요? 그렇다면 주변에 휩쓸리지 않는
단단한 마음을 가져야 해요. 그러기 위해서는 항상 예의를 지키고
신중하게 행동하며, 격의 없이 친구를 대할 때도 성실한 태도를 잃지
않아야 해요. 간혹 예의 없고 제멋대로 행동하는 무리에 둘러싸여
있을 때도 본래의 모습을 지킬 수 있어야 해요.

Day 18

나의 슬픔을 위로해주는 친구가 곁에 있나요? 그가 나의 진정한

친구일까요? 물론 슬픈 일을 함께해주는 사람도 필요하지만,

진정한 친구는 좋은 일이 생겼을 때 함께 기뻐해주는 사람이에요.

친구의 기쁨을 함께 나눠주세요.

분명한 목표가 있는 사람은 자제력을 잃거나 시간을 헛되이 쓰지
않아요. 그런 사람은 행동으로 먼저 보여주고, 벽에 부딪혔을 때도
성공한 다른 사람들의 모습에서 배웁니다. 그런 사람은 스스로를
매일 조금씩 고쳐나가며 성장하고, 그렇게 어제보다 오늘 조금 더
나은 성숙한 인간이 되어가요.

비 오는 날, 아이들이 천진난만한 얼굴로 물웅덩이를 뛰어넘는 모습을
본 적이 있나요? 그 아이들처럼 우리도 불운과 역경을 뛰어넘을 수
있어요. 위기를 이겨내는 일은 마음먹기에 달려 있으니까요.
긍정적인 마음으로 세상과 마주해보세요.

마음과 몸은 별개라고 생각하고 있나요? 하지만 몸과 마음은
서로 떨어져 있지 않아요. 마음이 약해지면 몸도 약해집니다.
몸은 마음을 두고 거짓말을 하지 않거든요. 그러니 몸의 반응을
살펴보면, 나 자신도 미처 깨닫지 못하고 있던 나의 마음을 알 수
있을 거예요.

인생이 새하얀 도화지라면 어떤 그림을 그리고 싶나요. 지금 무엇이
머릿속을 스치고 지나갔나요. 나이의 많고 적음은 상관없어요.
하고 싶은 것이 있다면 방법을 고민하고 간절히 바라는 마음에서부터
새로운 인생이 시작되기도 하니까요. 지금 무엇을 하고 싶은지 가만히
떠올려보세요. 그게 시작이에요.

먼 곳에서 친구가 찾아오면 정말 기쁘겠지요. 삶의 목적이란 무엇인지,
배움이란 무엇인지, 그런 진지한 이야기를 나눌 수 있다는 것은 얼마나
행복한 일인가요? 그런 친구와 마음을 터놓고 대화하는 시간을 소중히
여긴다면 우리의 인생도 풍요로워질 거예요.

뭔가를 배웠다면 그것에 대해 한 번쯤 깊게 생각해보세요.

그래야 그게 뭔지 진정으로 이해할 수 있어요. 배움을 그저 배운 것에서

그친다면 일상의 수많은 생각들과 함께 흘러가버립니다. 생각하고

실천해야 비로소 배운 것을 몸에 익힐 수 있어요. 생각만 하고

배우지 않으면, 생각이 자라기 어려워요. 배움으로 얻은 지식은

생각의 재료가 되어 내가 독선적인 생각에 빠지지 않도록,

또 다른 길을 알려줍니다.

자신을 가둬둔 인생의 문을 열고 앞으로 나아가세요. 자신을 속박하고
있는 굴레에서 벗어나 세상 밖으로 나가보세요. 새로운 세상이 당신을
맞아줄 테니까요.

마음이 단단하지 않다면 삶이 힘들 때 바로 부정적인 생각에 빠지고,
삶이 순조롭게 흘러갈 때는 자만해지기 쉬워요. 내 마음을 온전히
들여다보는 사람은 어떤 상황에서도 자신의 마음을 바탕으로 판단할
수 있습니다. 흔들리는 상황에서도 중심을 잃지 않을 수 있어요.

Day 27

하고 싶은 일을 하지 못해 괴로운가요? 무엇이 그 일을 하지 못하게 가로막고 있나요? 그 고민이 진짜일 수도 있지만 생각보다 단순한 문제일지도 몰라요. 그러니 가끔은 아무런 고민 없이 좋아하는 일을 하면서 마음껏 즐겨보세요. 그것이 바로 건강한 삶의 비결이에요.

사람은 누구나 자신이 처한 상황과 마주한 상대에 따라 순간적으로
판단하고 행동하면서 살아갑니다. 그 모든 상황에 공통적으로 필요한
자세가 한 가지 있어요. 그건 내 진심을 있는 그대로 알고, 자신을
속이지 않으며 사람을 대하는 것입니다. 언제든 정직한 마음으로
사람을 대해보세요.

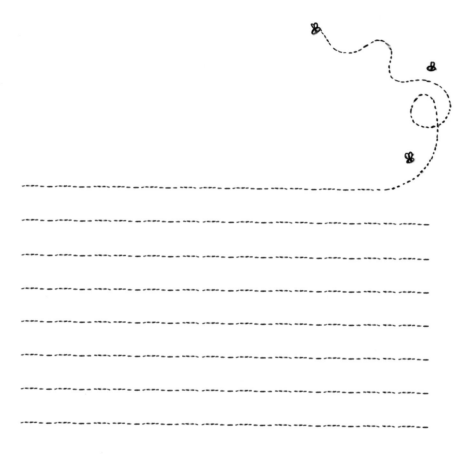

'할 수 있다'라는 말은 그저 의지를 북돋기 위해 모양만 흉내 내는 말일

수도 있습니다. '좋아한다'라는 말은 사실 겉만 보고도 할 수 있지요.

하지만 '즐긴다'라는 말은 실제로 해보고 나서 다양한 깨달음을 얻은 뒤,

그것을 진심으로 바라고 원하게 되었다는 뜻이에요. 어떤 일이건

진심으로 즐겨야 제대로 이해할 수 있어요.

행복이 눈앞에 있는데도 사람들의 시선 때문에 외면하고 있나요?
혹은 눈앞의 행복이 생각했던 것처럼 근사하지 않아서 머뭇거리게
되나요? 멋지지 않아도 됩니다. 다른 사람의 시선은 그리 중요한 게
아니에요. 행복을 잡기 위해 초조해하고 발버둥 쳐도 괜찮아요.
어떻게든 찾아온 행복을 꽉 움켜쥐세요! 멋지지 않으면 어떤가요?
눈앞의 행복을 잡아요.

일을 하려고 앉아 있어도 좀처럼 일이 손에 잡히지 않는 날이 있습니다.

그럴 때는 자신을 너무 몰아붙이지 말아요. 그리고 모든 것을 잊고

아무 생각도 하지 않는 시간을 가져보세요.

우연히 마주친 행운 덕에 삶이 순조롭게 흘러간다고 해서 자만하거나
게으름을 피우면, 그 행운은 오래 머물지 않아요. 삶이 거센 파도에
부딪혀 흔들릴 때도 자기 자신을 잃지만 않으면 언젠가는 그 위기에서
벗어날 수 있답니다. 즐겁든, 괴롭든, 어떤 상황에서도 자신의 마음을
지키는 이야말로 현명한 사람이에요.

멋진 사람을 만났다면 그 사람이 왜 멋진지 한번 생각해보세요.

절대 닮고 싶지 않은 싫은 사람을 보면, 자신도 같은 행동을 할 때는

없는지 살펴보고요. 다른 사람을 거울 삼아 보고 느낀 바를 스스로

비춰보면 마음이 조금씩 자랍니다.

Day 34

살다 보면 열정을 가지고 노력하던 일도 포기하고 싶은 순간이
찾아옵니다. 누군가는 그것을 한계라고 말합니다. 그러나 그것은 내
마음이 정해놓은 선일 뿐입니다. 이제 정말 한계라는 생각이 드는 순간,
거기서 딱 한 걸음만 더 내디뎌보세요. 새로운 세계가 보일 거예요.

'이것은 좋고, 저것은 나쁘다'라며 일일이 따지고 비교하지 마세요.
때로는 있는 그대로 모든 것을 받아들이는 삶의 자세가 매 순간을
사랑할 수 있게 해줍니다. 오늘 하루를 돌아보며 '멋진 하루를
보냈어'라고 말할 수 있는 시간을 보내세요.

괴롭다고 해서 고민하지 않고 계속해서 도망치기만 하면,
같은 일이 반복될 뿐입니다. 하지만 큰 시련을 이겨내고 나면
그만큼 마음이 단단해지는 것을 느낄 수 있어요. 괴로워하고
고민하는 사이 우리 마음은 더 굳건해질 거예요.

Day 37

다른 이들의 말에 휘둘리는 건 경계해야 하지만 때론 나에 대한 다른
이들의 이야기를 들어야 할 때도 있어요. 나를 가장 모르는 사람은 사실
'나'일 수도 있거든요. 나의 진짜 모습을 알고 싶을 때는 때때로 다른
사람의 말을 들을 필요가 있어요.

사랑은 먼 곳에 있다고 생각하나요? 사랑은 멀리 있지 않아요.
늘 우리 주변에 머물고 있습니다. 누군가를 사랑하는 마음을 소중히
여기는 사람에게는 언제나 따뜻한 애정이 흘러넘치거든요. 사랑을
소중히 여기세요.

Day 39

나라는 존재를 이루고 있는 요소 중 하나가 기억입니다.

기억은 모두 소중하다고 생각하나요? 우리에게 필요한 건

좋은 기억이에요. 이미 지나간 시간에서 좋은 기억은 붙잡아 남기고

나쁜 기억을 흘려보내요. 그렇게 하면 행복한 나로

살아갈 수 있을 거예요.

나를 성장시키려는 의지는 배움의 자세를 만들어줍니다.

하지만 의욕만으로는 충분하지 않아요. 깊은 생각은 재료인 지식이

필요하고, 포기하지 않고 꾸준히 노력하기 위해서는 용기가 필요하죠.

앞으로 나아가는 속도가 남들보다 느리더라도 불안감에 꺾이지

않는 굳센 마음을 말이에요. 예전의 방식을 바꾸는 것은 두려운

일이겠지만, 더 좋은 대안을 찾으면 두려워 말고 방법을 바꿔보세요.

Day 41

인생이 순조롭게 흘러갈 때, 신중한 태도로 살아가는 것은 어느 정도의
절도와 자제력이 있으면 가능합니다. 하지만 역경에 부딪히고도
세상과 주변 사람들을 탓하지 않으며 온화한 마음으로 살아가는 것은
쉽지 않아요. 힘들 때도 평소와 다름없이 행동할 수 있는 마음의 힘을
길러보아요.

누구에게나 진심으로 하고 싶은 일이 있습니다. 그 일에 대해서만큼은

지나치다 싶을 정도로 깊이 생각해보세요. 인생에서 마주하는 어떤

일에 대해 한없이 깊이 파고드는 태도도 필요해요. 그렇게 깊이

파고들면 그 일을 꼭 해내야겠다는 의욕이 마구 생길 거예요.

자극적인 표현이나 우격다짐으로 사람의 마음을 바꾸는 건 어려워요.
그럴 때는 내가 먼저 행동으로 보여주세요. 고민에 빠진 사람의 마음은
바람에 흔들리는 들풀과 같아요. 당신의 행동이 바람이 되어 들풀을
어루만지며 위로하면 진심이 전해질 거예요. 마음을 움직이고 싶다면
먼저 행동으로 보여주세요.

뭔가를 배우고 그것을 실천하여 내 것으로 만드는 일은 매우 즐거운
과정이에요. 배운 것을 단순히 하나의 지식으로 '아는' 것과 그것을
실천으로 옮기거나 다른 사람에게 말로 전할 수 있을 정도로 '이해하는'
것은 완전히 다르니까요. 배운 것이 그대로 흘러가게 두지 말고 되새겨
내 것으로 만들어보세요.

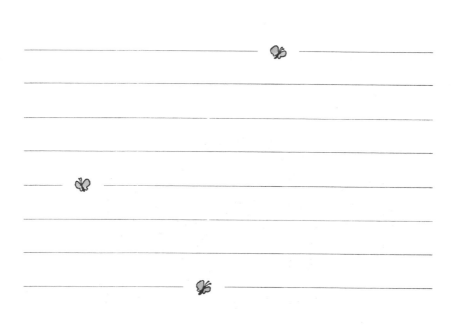

좋은 일, 나쁜 일에 일희일비하는 것은 자연스러운 반응이지만,

사실 인생이라는 긴 시간 속에서는 모두 사소한 일일 뿐입니다.

가장 좋은 것도, 가장 나쁜 것도, 사실 별거 아니에요.

Day 46

내가 해야 할 일과 앞으로 나아갈 길을 정확히 알면, 마음이 훨씬 더
가벼워질 거예요. 내가 걷는 길이 어디쯤인지, 어디를 향하는지 모르면
불안해지고 방황하기 마련이니까요. 그런 날이 언제 올지 알 수는
없지만, 그날을 위해 그저 나의 길을 묵묵히 걸어가는 것은 고단하지만
매우 멋진 일이에요. 그러니 지금 내가 걷고 있는 길을 소중히 여겨요.

아무리 현명해 보이는 사람이라고 해도 다른 사람의 조언이 반드시
정답이라고 할 수는 없어요. 나의 선택이 옳다는 생각이 든다면 그때는
다른 사람의 말에 흔들리지 말아요. 다른 사람의 조언은 그저
흘려보내도 괜찮아요.

마음이 깨끗한 사람의 주변에는 저절로 사람들이 모입니다. 당신 곁에
이미 좋은 사람들이 많다면, 미처 깨닫지 못했을지라도 당신이 많은
매력을 가진 사람이라는 뜻이에요. 언젠가는 당신의 가치를 알아주는
사람이 분명 나타날 거예요

배움의 목적은 한평생 자신의 마음을 끊임없이 갈고닦는 것입니다.

그것은 끝이 없는 길고 긴 여정이고, 앞으로도 나아가야 할 길은 한참

남았으니 사소한 일로 끙끙대지 말고 조금 느긋한 마음으로

한 발 한 발 걸어 나가요.

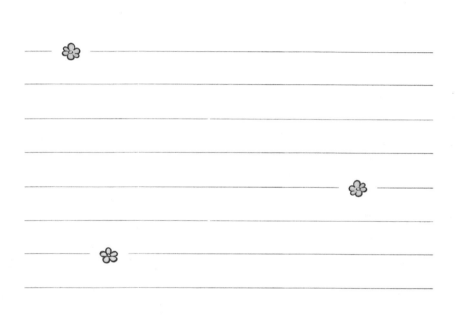

주위 사람들이 마냥 행복해 보인다고 해서 그들을 일일이 의식할

필요는 없습니다. 또 지금 그들보다 좋지 않은 처지에 처해 있다고 해서

그런 상황을 초래한 자기 자신을 부정적으로 생각할 필요도 없습니다.

타인의 행복을 흉내 내지 말아요.

Day 51

사람은 누구나 자신에게 가장 관심이 많고, 타인의 경우 관계가
멀어질수록 이에 비례해 관심도 적어집니다. 나의 문제를 가장 깊이
고민하고 관심을 가지고 있는 사람은 나 자신입니다. 그러니 나를
잘 모르는 다른 사람의 말에 일일이 신경 쓸 필요는 없어요.

Day 52

늘 주변 사람들의 의견에 휘둘린다면 인생에서 홀로서기 어려워요.

자립한 사람은 주변의 말에 쉽게 흔들리지 않죠. 누군가의 말에

휘둘린다면 인생의 길 위에 서 있는 것은 자기 자신이라는 것을

기억하세요.

대화를 나눌 때는 상황에 따라 적절하게 반응할 수 있어야 해요.

상대방이 마음의 문을 열고 들을 준비가 되었다면 진실된 이야기를

나눌 수 있습니다. 하지만 상대방의 마음이 아직 닫혀 있을 때는 억지로

말하게 하려 하지 마세요. 무리하게 말해봤자 상대방에게

닿지 않을뿐더러 이미 닫힌 마음의 문을 굳게 걸어 잠그게

만들 뿐이니까요.

Day 54

현명한 사람은 매일 아홉 가지 생각을 하며 하루를 보낸다고 합니다.
볼 때는 놓치지 않고 분명하게 보고, 들을 때는 흘려듣지 않고 정확하게
들어보세요. 표정은 따뜻하게 하고, 자세는 조심성을 잃지 않으며,
말에는 진심을 담고, 일할 때는 신중하게 하며, 의문이 생기면 명확하게
밝힙니다. 화날 때는 다툼을 피하고, 뭔가를 얻을 때는 그것이 옳은
것인지 생각해보아요.

문득 떠오른 생각을 행동에 옮기기 위해서는 용기가 필요합니다.

하지만 머리로 생각만 하지 말고 일단 몸을 움직여보는 것도 좋지

않을까요? 때로는 즉흥적으로 목적지를 정해도 돼요.

Day 56

스스로를 믿고 있나요? 어떤 상황에서건 자기 자신을 믿어보세요.

나 자신도 나를 믿지 못하면서 다른 사람에게 나를 믿어달라고 말할

수는 없을 거예요. 스스로에게 자신감이 없는 사람은 다른 사람에게도

믿음을 주지 못합니다. 자기 자신을 믿는 것이 우선이에요.

Day 57

사람들의 의견이나 세상의 상식 같은 불확실한 것에 흔들리지 마세요.

눈에 보이지 않는 것들에 휘둘리지 않아야 내가 소중하다고 여기는

것들을 지킬 수 있을 테니까요.

Day 58

관심이 가는 사람과 가까워지고 싶고 특별한 관계가 되고 싶은 마음은
자연스러운 거예요. 지금 그 사람이 어떤 생각을 하고 있는지 알 수는
없지만 일단 말을 걸어보세요. 모든 관계는 그렇게 시작되니까요.

_____

_____

_____

_____

_____

_____

누구나 행복을 꿈꾸고 풍요로운 생활을 원하죠. 그런데 사실 행복을
결정짓는 것은 우리가 사는 인생 그 자체가 아니라 마음이에요.
다른 사람들이 말하는 행복의 조건이나 겉으로 보이는 행복은 하늘을
떠도는 구름과도 같습니다. 그걸 잡으려고 하면 아무리 애써도 잡을 수
없거나, 손에 닿아도 금방 사라져버리고 말 거예요. 겉으로 보이는
타인의 행복에 흔들리지 마세요

아무리 많이 배워도 머리로만 익히면 금방 잊어버리게 마련이에요.
하지만 살아가면서 마주하는 다양한 상황 속에서 배운 것을 어떻게
활용할 수 있을지 깊이 생각하고 실천하면, 자연스럽게 내 몸에 익어
오래도록 기억할 수 있어요.

스스로에게 '내가 진심으로 좋아하는 것은 뭘까?'라고 물어본 적이 있나요? 가끔 앞날이 막막하게 느껴질 때, 가장 먼저 대화를 나눠야 할 사람은 다른 사람이 아닌 자기 자신입니다. 무엇을 하고 싶은지 가장 잘 아는 사람은 바로 나이니까요.

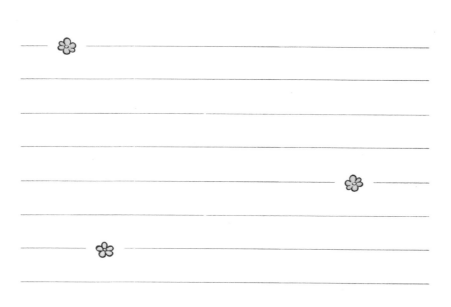

어떤 사람이 되고 싶나요? 어떤 삶을 살아가고 싶나요?

충분히 고민했다면 굳게 결심해보세요.

그런 다음 내가 나아갈 방향을 정해 걷기 시작하면,

마음은 안정되고 여유로워질 거예요.

다른 사람이 나를 알아주지 않는 것에 속상할 때가 있죠.

그럴 땐 탄식하기보다 먼저 내가 상대방에게 이해받을 수 있도록

노력했는지 한 번만 생각해봐요. 나를 인정해주지 않는다고 무작정

상대를 탓하거나 좌절하기보다 내가 정말 인정받을 만했는지

돌아보아요.

오랫동안 생각만 해온 일이 있나요? 무언가를 시작할 때 신중하게
돌다리를 두드려보는 것도 좋아요. 하지만 생각만 하다 아무것도
결정하지 못하거나 이리저리 고민만 하면서 불안해하면 달라지는 건
별로 없을 거예요. 직접 행동하고 나서야 비로소 답이 보이는 것들도
있답니다. 지금 생각하는 것을 행동으로 옮겨보세요.

완벽한 사람을 꿈꾼다고 해서 어느 날 갑자기 180도 바뀌기는

힘들 거예요. 우리는 사람이기 때문에 가끔 작은 실수를 하기

마련입니다. 그래도 정말 간절히 바라며 계속 노력한다면,

내가 바라는 모습에서 크게 벗어나는 일이 줄어들 거예요.

Day 66

세상에는 아무리 애써도 자신의 힘으로는 도저히 해결할 수 없는 일이
있어요. 안타까워해도 방법이 없지요. 어쩔 수 없다는 것을 알고
떨쳐버리려고 해도 그 일이 자꾸 신경 쓰인다면, 그 일이 왜 그렇게
마음이 쓰이는지 내 마음부터 들여다봐야 합니다. 뭔가를 얻기
위해서인지 혹은 누구에게 인정받기 위해서인지. 내 마음을 알면
내가 지금 할 수 있는 것을 찾아 실천하면서 조금씩이라도 자신과 주변을
바꿔보세요. 한탄만 하며 전전긍긍하기보다는 조금씩이라도
앞으로 나아가는 편이 나으니까요.

우리에게 닥쳐오는 운명은 우연이 아닙니다.

나의 선택으로 일어나는 필연이지요.

이미 선택한 것에 미련을 두지 마세요.

Day 68

다른 사람이 나를 먼저 알아보고 좋아해주기를 바라는 마음은
어쩌면 낮은 확률에 나의 인생을 맡기는 일이 될지도 모릅니다.
상대방의 마음이 움직이기만 기다리지 말고 먼저 다가가보세요.

Day 69

무언가 하고자 하는 일이 있지만 적극적으로 추진하지 않고 있다면
이런저런 이유가 있을 겁니다. 그래도 내일로 미루기 위해 스스로
핑계를 찾고 있는 것은 아닌지 유심히 들여다보세요. 물론 가장 좋은
방법은 이런저런 생각이 들기 전에 일단 행동하는 거예요.
행동하지 않으면 아무것도 시작되지 않으니까요.

아무리 노력해도 사람의 힘으로는 닿을 수 없는 곳만 바라보고 있다면,
그곳에는 마음을 붙일 곳이 없습니다. 마음을 다해 노력해도 구체적인
목표 지점이 보이지 않는다면 사소한 위기에도 갈팡질팡하게 되죠.
하지만 무슨 일이 일어났을 때, 마음을 다해 나아갈 목표가 확실하다면
그곳에 마음을 의지할 수 있어 방황하지 않을 거예요.

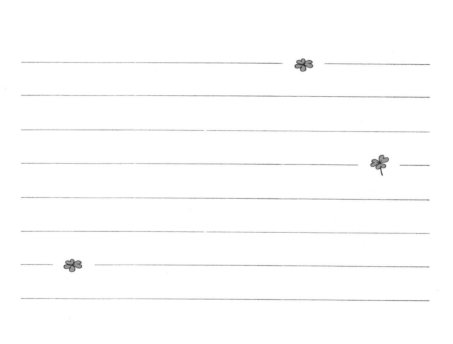

Day 71

우리는 주변에서 일어나는 여러 가지 일로 괴로워하지만,

다른 사람들은 나의 괴로움에 큰 관심을 두지 않아요.

어쩌면 의외로 지금 겪는 괴로움은 사소한 문제일지도 몰라요.

많은 사람이 옳다고 믿는 사실이 항상 '진실'일까요?

실제로 우리가 진실이라고 믿는 것은 강하게 바라는 마음이 만들어낸

상상의 산물일지도 몰라요. 눈에 보이는 것이 항상 진실은 아니니까요.

항상 자신이 편한 사람하고만 어울린다면 생각이 더 넓어지기
어려워요. 비슷한 풍경은 우리에게 익숙한 편안함을 주지만,
그 풍경에만 머물러 있다면 세상에 더 멋진 풍경이 많이 있다는 것을
알 수 없는 것처럼요. 그래서 지혜로운 사람은 좋고 싫음에 상관없이
교제의 폭이 넓고 기본적으로 타인에게 호의적입니다. 자신에게
익숙한 사람만 찾지 않고요. 일단 타인을 향해 마음의 문을 열면,
늘 익숙하게 흘러가던 나의 일상에도 멋진 일이 생길지도 몰라요.

Day 74

아이들은 눈앞에 재미있는 것이 있을 때, 이것저것 따지지 않고 온전히

그것에 집중해 즐거운 시간을 보내죠. 하루쯤은 아이처럼 생각하며

보내보세요. 나의 관심 분야가 너무 좁은 것은 아닌지, 쓸데없는 것은

아닌지 걱정하고 고민하면서 아까운 시간을 흘려보내지 말고요.

나를 즐겁게 해주는 지금 눈앞의 순간에 집중해보는 거예요.

관심이 다른 곳으로 옮겨가면, 그때는 또 다른 것에 몰두해도 괜찮아요.

주변의 작은 일조차 해결하지 못하는데, 어떻게 드넓은 세상에 나가
내 몫을 감당할 수 있을까요? 눈앞의 일도 어쩌지 못하면서 어떻게
먼 곳을 볼 수 있을까요? 하루하루가 힘들고 지금 내 모습에도
만족하지 못한다면, 현실을 벗어난 다른 문제에 정신을 빼앗기기
마련이에요. 대부분 시간만 뺏길 뿐 아무리 생각해도 답이 없는
문제들이죠. 이런저런 생각을 하는 것도 필요하지만 일단은
내가 할 수 있는 작은 일부터 제대로 해보아요.

Day 76

세상에는 자기 입장을 정당화하기 위해 다른 사람을 습관적으로
비판하는 사람도 있어요. 때로는 그런 사람의 비난은 마음에 담지 않고
흘려들으며 나를 지켜야 해요. 나를 향한 비난에 나를 맡기지 마세요.

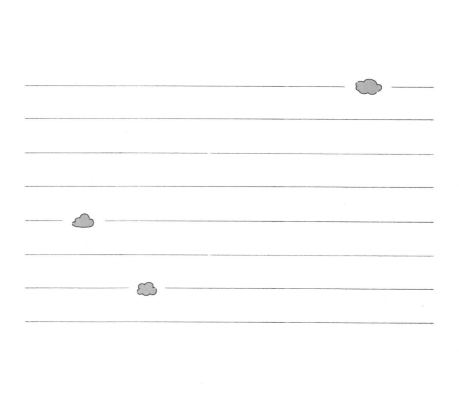

사람들이 뭐라고 하든 자신이 옳다고 믿는 길이 최선의 길입니다.

자신감을 갖고 오늘을 살아가세요.

말재주가 있는 사람은 주변을 흥겹게 만들고, 별거 아닌 것도
그럴듯하게 보이는 힘을 가지고 있죠. 하지만 말재주가 없다고 해서
풀이 죽어 있을 필요는 없습니다. 사람의 마음을 움직이는 건
그런 말재주가 아니니까요. 말솜씨만으로는 마음의 거리를 좁히지
못한다는 것을 기억하세요. 먼저 자신의 마음을 잘 들여다보고 진심을
전한다면, 말재주는 없더라도 상대방도 그 마음을 느끼고
이해해줄 거예요.

능력이 너무 뛰어나 도저히 그 사람을 따라잡을 수 없어서 질투하고
미워한 적이 있나요? 그런 마음을 버리고 그 사람을 마음 깊이
인정할 때 우리는 다음을 향해 갈 수 있습니다.
다른 사람을 인정하지 않으면 성장할 수 없다는 걸
잊지 말아요.

주변 사람들을 사랑하고, 친구를 존중하며, 한결같이 겸허한 자세로
배우고자 하는 마음으로 살아가는 건 어려운 일입니다. 하지만 그런
사람이 되고 싶다고 굳게 다짐했음에도 능력이 부족하여 목표를
이루지 못할 사람은 없을 겁니다. 진심으로 맑고 바른 마음으로
살아가기로 결심했다면, 당신의 마음은 이미 맑아지기
시작했을 테니까요.

Day 81

마음이 따뜻한 사람은 어떤 문제가 일어나든 자신을 탓하며
다른 사람의 괴로움까지 짊어지려는 경향이 있습니다. 그런 태도는
내 인생에 도움이 되기보다는 괴로움을 크게 만들 뿐입니다.
혼자 괴로움을 끌어안지 마세요.

혼자서 삶의 목표를 정하고, 그 목표를 향해 흔들리지 않고 걸어가는
것은 정말 어려운 일입니다. 그러니 닮고 싶은 사람을 찾아보세요.
자신의 롤모델을 찾아 그의 발자취를 따라 걷는 것부터 시작한다면
조금은 수월해질 거예요.

집을 드나들 때는 문을 열고 현관을 지나야 하듯이 사람과의
관계에서도 반드시 거쳐야 하는 문이 하나 있습니다. 바로 세상을
향해 나 있는 마음의 문이에요. 문 안쪽의 내 마음은 살피면서 바깥
세계를 향한 마음의 문은 살짝 열어두세요. 배려하고 존중하며,
장점을 배우려는 열린 마음은 누구에게나 전해질 거예요.

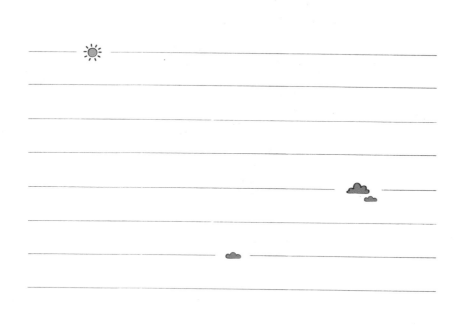

살면서 자신이 무엇을 알고 무엇을 모르는지 알고 있나요.
잘 안다고 생각했는데 정작 그것을 제대로 알고 있는 사람을 만나서
당황할 수도 있고, 이미 아는 것이라고 생각해 더 자세히 알 수 있는
기회를 놓친 것일 수도 있죠. 내가 무엇을 모르는지 알고 있으면
배우고 싶은 의지가 생기기도 한답니다.

내게 무엇이 득이 될지 생각하기에 앞서 어떻게 하면 모두가 즐겁고
행복할 수 있을지 생각하는 사람. 무심코 한 행동이 주변을 웃음으로
가득 차게 만드는 사람. 그런 사람은 정말 멋져요. 자연스럽게 행복을
전파하는 그런 사람들은 자기 자신도 정말 행복해 보이거든요.

살다 보면 상식이라는 말을 자주 하는 사람을 만납니다.

그런데 세상에서 일어나는 다양한 일을 '상식'이라는 한마디로

정리할 수 있을까요? 그런 말을 습관적으로 꺼내는 사람은 깊이

생각하지 않는 사람일지 몰라요. 그러니 그에게 휘둘리지 말아요.

내가 하는 행동에 내 의지가 담겨있나요? 혹시 남이 말하는 대로
움직이고 있는 것은 아닌가요? 인생은 긴 항해와 같습니다. 남에게
내 인생을 좌지우지할 수 있는 키를 맡기지 마세요. 내 인생의 키를
스스로 잡고 있다면 혹여 방향을 잘못 잡아서, 한참을 돌아가게 되더라도
그것은 그것대로 의미 있는 과정이 될 거예요.

Day 88

마음이 여유로운 사람은 어떤 일을 할 때 '나를 위한 일인가'가 아니라 '내가 해야 하는 일인가'를 먼저 살핍니다. 자기 자신만 생각하는 사람의 주변에는 사람들이 하나둘 떠나고, 스스로 옳고 그름을 살피는 사람의 주변에는 많은 사람의 신뢰가 쌓입니다.

일을 시작할 때, 자신이 가지고 있는 지식과 경험이 오히려 발목을

잡는 때가 있습니다. 그래서 첫걸음을 내딛는 데 상당한 용기가

필요하지요. 반면 잘 모르기 때문에 오히려 대담하고 신속하게

행동할 수 있는 경우도 있어요. 모른다고 주저하지 마세요.

아는 것이 많지 않을 때 오히려 자유로울 수 있어요.

사는 것이 힘들다고 느껴질 땐 다른 사람들을 탓하고 싶은 마음이 불쑥 생겨납니다. 하지만 자신을 바꿀 수 있는 사람은 오직 자기 자신 밖에 없습니다. 내가 힘들다고 다른 사람을 탓하지 마세요. 다른 사람을 탓하고 있으면 부정적인 마음 때문에 기분만 더 가라앉을 뿐이니까요.

때때로 내 능력이 남보다 부족하다는 생각이 들더라도 움츠러들지
마세요. 부족한 부분을 느꼈다면 앞으로 채워나가면 됩니다.
오히려 '아직은 능력이 부족하지만, 언젠가는 나도 할 수 있어'라고
스스로에게 용기를 북돋아주세요. 나에 대해 정확히 알고 앞으로
나아갈 길을 찾는 행동이 내 삶을 훨씬 풍요롭게 만들어줄 거예요.

Day 92

때로는 여러 사람들의 말이 진실을 가리기도 합니다. 그런 말들이
막상 무언가를 시작하기도 전에 편견을 만들어 시작하려는 나의
마음을 머뭇거리게 만들기도 하죠. 그럴 때는 일단 사람들의 말을
모두 배제하고 처음부터 다시 생각해보세요. 편견을 걷어내면
생각지 못했던 많은 것들이 보일 거예요.

다른 사람의 사소한 일에는 신경 쓰지 않는 너그러운 마음을 가진
사람에게 상대방은 편안함을 느낍니다. 하지만 나에게도 지나치게
관대하면 내가 잘못했을 때도 그걸 깨닫기 어려워요. 다른 사람의
작은 실수는 눈감아주세요. 대신 내가 같은 잘못을 하지 않도록
조심하면 어떨까요.

Day 94

갑자기 머릿속에 멋진 아이디어가 스치고 지나갔나요? 빨리 그 멋진
아이디어를 행동으로 옮겨 사람들 앞에 내어놓고 싶나요? 빨리 결정을
내리고 행동으로 옮기는 것이 필요할 때도 있지만 때론 너무 성급하게
행동해서 나쁜 결과로 돌아올 때가 있습니다. 스스로 너무 급하게
가고 있다는 생각이 조금이라도 든다면 잠시 멈춰 서서 다시 한번
생각해보아요.

하고 싶은 말이 있다면 먼저 행동으로 보여주세요. 말을 내뱉었으나
행동이 그 말을 따라가지 못하는 것은 안타까운 일입니다.
반대로 행동을 먼저 하면 말에 설득력이 생기죠. 당신의 이야기에
귀를 기울여주는 사람도 많아질 거예요.

세상에는 옳은 것을 틀렸다고 말하거나 의미조차 모르는 말을
부끄러워하지도 않고 툭 내뱉는 사람이 많습니다. 대체로 그런 말들은
파도처럼 우르르, 나를 쓰러뜨릴 듯이 거세게 몰려옵니다.
그런 무책임한 말에 현혹되어 휩쓸려가면 힘이 들기 마련이에요.
그러지 않으려면 더 많이 배우고 한 번씩 뒤를 돌아보며 좋은 말에
귀를 기울여야 하죠.

다수의 의견을 따르는 것은, 그렇지 않은 것보다 편하긴 합니다.

사람들이 말하는 상식이나 지금까지 이어져 온 관습대로 사는 것이

편하니까요. 하지만 그런 삶이 정말 만족스러울까요?

그 삶에 '내'가 있을까요?

두 가지 의견이 충돌할 때는 한쪽에 치우쳐 판단하지 말고
균형감 있는 자세로 양쪽 의견을 모두 듣고 곰곰이 생각해보세요.
그러면 양쪽의 의견에 공통되는 좋은 점이 보이거나 두 의견을
절충할 새로운 방법을 발견할 수 있을 거예요. 뭔가를 볼 때 좋은 면과
나쁜 면을 함께 봐야 본질을 알 수 있어요. 중용의 마음으로 세상을
보는 것은 영원히 변하지 않는 진리를 찾는 방법이에요.

Day 99

매일매일 새로운 것을 받아들이는 동시에 가끔은 뒤를 돌아보면서
이미 익힌 것을 잊지 않도록 해봐요. 이런 자세로 하루하루를
살아간다면 기쁨도 느낄 수 있고, 어떤 방향으로든 자랄 수 있어요.
지금 당장 이런 일이 자연스럽지 않다고 해도 조금씩 의식하는 걸로
충분해요. 자신의 성장을 매일 조금씩 느끼다 보면 틀림없이 배움의
기쁨을 알 수 있을 거예요.

앞으로 우리가 할 수 있는 일은 헤아릴 수 없이 많을 거예요.
그런데도 해보기 전에 포기하는 것만큼 아까운 일은 없겠죠.
나는 무엇이든 할 수 있는 사람입니다. 자신의 잠재된 가능성을
버려두지 말아요.

매일은

Every day is

새로운 기쁨을 발견할 수 있는 기회예요.

a chance to discover a new joy.

곰돌이 푸, 작은 행복을 써봐요

1판 1쇄 인쇄 2025년 5월 7일
1판 1쇄 발행 2025년 5월 26일

원작 곰돌이 푸

발행인 양원석 **편집장** 최두은
디자인 조윤주 **영업마케팅** 윤송, 김지현, 백승원, 유민경

펴낸 곳 ㈜알에이치코리아
주소 서울시 금천구 가산디지털2로 53, 20층 (가산동, 한라시그마밸리)
편집문의 02-6443-8844 **도서문의** 02-6443-8800
홈페이지 http://rhk.co.kr
등록 2004년 1월 15일 제2-3726호

ISBN 978-89-255-7369-4 (03810)